편지에는 그냥 잘 지낸다고 쓴다
윤제림 시집

문학동네시인선 127 윤제림

편지에는 그냥 잘 지낸다고 쓴다

시인의 말

판소리 적벽가 〈군사설움타령〉을 듣는다.
조조의 병사들 신세한탄이다.

제 처지가 얼마나 기막힌지 들어보라며
좌우를 밀치고 나서는 군사 사설마다
울음이 반이다.
제가 제일 서럽다며
천지간에 누가 저만큼 딱하고 원통하겠느냐고,
제 얘기 먼저 들어달라고
나한테까지 하소연이다.

슬픔에 우열이 어디 있으랴.
무등(無等)이다.

줄 세우기도 난감하고,
줄 것도 없다.
시 쓰는 일 말고, 이삼 년만 익히면
보태주고 나눠줄 것이 많은 일을
배울 걸 그랬다.

2019년 가을
윤제림

행성들 가운데서, 행인들 속에서
일행을 찾고 있다

차례

2부 배고프면 먹고 졸리면 자는 것

3부 불온한 생각도 아직은 더러 있는데

4부 나만 못 본 게 아니라 아무도 못 봤다

1부
바위에 시도 썼을 것이다

다음번에는

또 벌레가 되더라도 책벌레는 되고 싶지 않습니다
다시 책벌레의 몸을 받더라도 책에서는 잠이나 자고
동트거든 나가서 장수벌레나 개똥벌레를 돕고
들어오면 쌀벌레나 좀벌레를 돕겠습니다
책벌레가 되더라도 과식은 하지 않겠습니다
하루에 한 줄
짜고 맵고 쓴 글자만 골라
약으로 먹겠습니다

청컨대, 한 번은 누에가 되고 싶습니다
외롭게 자다가, 홀연히
당신 앞에다
녹의홍상 한 벌
꺼내놓으렵니다
무당벌레나 자벌레만 되어도 당신을 위해
할 일이 있을 것 같습니다

오늘은 곤충도감에서 자야겠습니다

꽃

향신료 냄새 가득한 로비에서, 이국 처녀가
꽃다발을 걸어주었다

아,

이
꽃……
……은!

옛날의 당신을 목에 두르고 방으로 올라갔다
안나푸르나 호텔
3020호

새벽 산

누가 와 있으랴 싶었는데, 모두 와 있다.

설희

당신 그 여자 맞지?

눈보라 속에서 내 뺨을 휘갈기던,
골짜기에 나를 파묻고
달아나던
그 여자,

봄이 오는 폐사지(廢寺址)
얼음 시냇가
당신을 여기서 보네
버들강아지,

당신
……설희
맞지?

억새
—금강의 가을

저것은,

두보가 강변 주막에다
조복(朝服)을 저당잡히고
아침부터 취해 울던 날에

그의 술잔 속을 들락거리던 허연 수염이거나,
거기 매달려 흔들리던
그 무엇이다

그것이, 지금

짜장면을 먹다가 느닷없이 엉엉 울기에
왜 우느냐 했더니
"단무지가 너무 맛있어서"라고 하고는
다시 또 울더라는 이 고장 시인
박용래처럼

내 앞에서
울고 있다

이명(耳鳴)

죽으면 한 개 바위가 되리라던
시인도 있었거니
사람을 꿈꾸던 바위가 어이
없었으리
내 한때 가야산 홍류동이나
저 운일암 반일암 바윗돌로
와당퉁탕 한 생애를 떠 있었던 거라

모래무지와 버드나무가 몸을 바꾸고
물귀신과 처녀가 집을 바꿀 적에
이 산 저 산이 자리를 바꾸고
이 골물 저 골물이 합수하여 온통
새로이 어우러지던 날에
나 같은 느림보도 요행으로
사람이 되긴 되었던 거라

허나, 머리는 아직도 돌이어서
귀는 여전히 흥건히 젖어서
주야로 그치지 않느니
새소리
물소리
바람 소리

행성입문(行星入門)

지구를 지났다, 신발을 벗었다

여기서부터는

나도 별이다

면민회(面民會)

비슷하게 한세상 살아온 사람들이
비슷비슷 뜨고 붓고 눋고 타고
그을린 얼굴로
솔밭에 차일을 치고 막걸리 여러 말 받아놓고

오래전에 이고 살던
구름의 안색과 하늘 낯의 인상을
대조하며
서로의 잔을 채우고 있었다

넘치게

시의 기원

  제천 점말 동굴에서 발견된 '사람 얼굴 그림 뼈'의 주인
들이기도 한
  인류의 오랜 조상에 대해 고고학자 손보기*씨는 다음과
같이 썼다

  간빙기에 나타난 이들은 머리 부피가 지금 사람과 비슷하게 커졌
고 연모 만드는 솜씨도 많이 늘었다. 사람이 죽으면 꽃을 꺾어 돌려
꽂아주었다.**

사람이 죽으면 꽃을 꺾어 돌려 꽂아주었다고?
그렇다면 그들은 바위에 시도 썼을 것이다
십만 년 전 장례를 엊그제 보고 온 것처럼
사람이 죽으면 꽃을 꺾어 돌려 꽂아주었다고 쓴
손씨도 원래는
시인이 되고 싶던 사람이었을 것이다
그의 서랍에서
많은 시가 발견되었을 것이다

* 손보기(1922~2010).
**『도대체 사람이란 무엇일까?』, 뿌리깊은나무, 1980, 10쪽.

오래된 가을날

이 땅의 가을바람 중에는 더러 진나라나 한나라 것도 섞
여 있고
여태껏 청나라 망한 줄도 모르는 귀머거리 늙은이의 마
을에서
여러 날 쉬고 온 것도 두어 줄기 있을라

그리하여 참 괴이한 냄새도 나는 바람 하나가
혜초스님과도 사귀었을 흰 구름 한 장을
겨우 밀고 와서는
신라의 절간 높다란
철당간 꼭대기에
되는 대로 매달아놓고
오늘은 이 산에서 묵어가려는 듯

심검당 툇마루에 오후 내 늘어졌던 고양이를 깨워놓고는
갈잎을 버스럭거리며
계곡으로 들어가 눕고 있는
저녁 어스름

조금 전까지 절 마당 끝 자동판매기 앞에 섰던
코카콜라 트럭이 전조등을 켜고
산굽이를 두 번쯤 돌아내려가고 있을
무렵

겨울 강을 지날 때는 조용히

흐르는 물에 잠시,
흔들리며 떠밀리며 앉을 자리를 고르는
청둥오리떼

더러는 목장승이나 돌미륵으로 뿌리내려도 보았던지
물로 구름으로 천지사방 떠다닌 적도 있었던지
그런 축들만 뽑혀서 모여 왔는지
외국의 짐승들이
심호흡 한 번으로 저마다 물결무늬 대좌를 깔고
고요히 허리를 일으켜세우고는
삽시에! 은산철벽 둘러치고
겨울 안거에 드는 것을
보았습니다

물 깊숙이 몸을 심느라
강물에 벗어놓은
날개들이
버려진 물건처럼 하릴없이
먼바다를 향해 떠가는 것도
보였습니다

겨울 강, 다리 위에
이런 표지판 하나 세우고 싶어졌습니다

"이곳은 국제 선원(禪院)입니다.
조용히!"

달은 즈믄 사람에

장꾼들 태우고 돌아가는 밤배에
배 지나는 자리에
거기 〈심청가〉 판을 벌인
애기 명창 부채꼭지에
두보의 귀밑머리에
오늘 또 떨어져나간 한하운 발가락 한 마디에
문둥이나 서정주 베갯머리에
황진이 옥비녀나 과부 젖꼭지에
거지 아희 코끝에

월인천강(月印千江) 아니라 월인천인(月印千人)
달은 즈믄 사람에
강 건너는
사람에

수태고지

승강기 버튼을 누르면서 아이가 물었다
할아버지 몇 층 가세요?
나는 화를 내며 말했다
나, 할아버지 아니다

아이가 먼저 내리며 인사를 한다
안녕히 가세요,
할아버지!

"이런 고얀 녀석" 하려는데,
"그래, 안녕" 소리가
먼저 나왔다

잘했다

저 아이가, 내 딸애한테
태기(胎氣)가 있음을 알려주러
먼길을 온 천사인지
누가 아는가

일행

뒤늦게 영화관에 들어간 사람이
더듬더듬 자리를 찾다가 맞닥뜨린 자막
한 줄처럼

내 그림자 끝에서 트렁크를 끌고 온 여자와
고양이 한 마리, 말하자면
내 일행은 아직
내 문장을 모른다
당연한 일이다
중간에 들어왔으므로
시작을 못 보았으므로

그들만 그러랴? 사실은 나도,
내
일행을
모른다

제주 풍경

이웃나라 건축가가 지은 바닷가 레스토랑, 창가에서
밥값보다 비싼 커피를 마셨다
르네 마그리트 그림에 나오는 수평선이 보였다

터무니없이 큰 새 한 마리도
어른거렸다

객실 3508호 테라스에서는,
호텔 마당 잔디밭에 몸을 붙이고 앉아서
잡초를 뽑고 있는 여인들이 보였다

박수근 그림처럼,
머리에 수건들을 쓰고 있었다

2부

배고프면 먹고 졸리면 자는 것

가난 타령
—명창 김연수*를 생각함

이빨이 다 망가진 판소리 명창이 이 좀 해넣어야겠다고 문화재관리국에 사정하니, 알았다 돈을 줄 테니 고쳐라 해서 외상으로 이를 해 박았는데 아무도 갚아주지 못했네. 나중엔 천식으로 다 죽게 생겼는데도 고쳐주질 못했네.

천상의 악기가 길게 누워서
허기진 공명통으로 구음(口音)이나 내고 있는데
자명고처럼 우는데
문화재관리국은 멀거니 지켜보기만 했다네.

말하자면, 일국(一國)에
악기 수리비 몇 푼이 없었던 것이네.

그래서 그냥
묻어버렸다네
전라남도 고흥
땅끝에.

* 김연수(1907~1974).

가위
—효봉* 약전

평양복심법원 판사 이찬형이 말했다
나,
탯줄을 자르는 산파처럼 법식(法式)대로 가위질을 하였
으나
살린 것은 하나 없고
남의 핏줄만 잘랐구나, 명줄만 잘랐구나

양복을 팔아, 무쇠 가위를 사서 들고
엿판을 목에 걸고 엿장수 이씨가 말했다
나,
비로소 가위를 얻었다
허공을 휘저으며 마음대로 잘라도
다칠 것이 없으며 버릴 것이 없다

가위 소리를 까치 소리로 반겨 듣고
빈집 헛간에 잠자던 귀신이 튀어나오고
마루 밑 허깨비들도 동무처럼 몰려나오고
사람 그림자도 없던 고샅길에
땟국 흐르는 아이들도
맑은 바람처럼 불려나오게 하는
신묘한 가위 하나를 얻었다

스님이 된 엿장수, 효봉(曉峰)이 말했다

나,
지고 온 엿은 아래 윗 절 고루 나누고
엿판은 아궁이에 넣어버리고
무쇠 가위는 뱃속에 넣고
절구통처럼 여러 계절을 앉아 있었지
절경절경절경절경……
가위질 쉬지 않았지

어느 날인가는
만물상 두두물물(頭頭物物) 내려와 줄을 서고
금강산 산신과 선녀들도 제 보물 하나씩 들고 와서는
지상의 엿 한 토막씩 바꿔들 가더군

가위질 잘 따라 익힌 중 하나 있었지
법정(法頂), 그애는 쓸 것 안 쓸 것 가려
떡을 썰고 옷을 지었지
일초(一艸)? 그 얘기 나올 줄 알았지
저잣거리에선 고은(高銀)이라 부른다지
흠……

각설하고,
내가 판사 노릇 그것
집어치우고

엿장수 가위를 집어든 것은
잘한 일이었네

* 효봉 스님(1888~1966).

윤용하*, 당신 생각

교가를 만들어준 값으로,
당신께
제 모교가 얼마를 드리던가요?

이제 화도진 공원이 된 학교 터를 어슬렁거리며
"만세반석 터전 위에"로 시작되는
교가를 부르는데
당신의 〈보리밭〉이랑 〈나뭇잎 배〉도 부르는데
하필 돈 생각이 났습니다

"인천은 짜구나 내 고향 황해도 은율보다 짜구나
딸아이 크레파스값이나 남겨두고, 가세
대포나 한잔하러 가세"
꼭 그랬을 것만 같은 저녁을 떠올리다가
괜히 쓸쓸해져서 가까운 주막에 들어가
막걸리 여러 사발을 비웠습니다

학교는 가난의 연대기를 설명했고
윤용하씨 당신은 이해했을 것입니다
만석부두 물들이던 석양도 함께 낯을 붉히다가
얼른 성당 지붕 너머로
모습을 감췄겠지요

흐린 목청으로 계속 교가만 불러대며
화수동 골목길을 돌아나오는데,
노래 끝마다 당신의 얼굴이 떠오르고
자꾸 그 생각이 따라왔습니다

제 모교가 얼마를 드리던가요?

교가를 만들어준 값으로,
당신께

* 작곡가 윤용하(1922~1965).

저(豬)씨 문중에 보내는 사과 서한

학생들에게 인간이란 배역의 어려움을 가르치다가
사람 노릇이 얼마나 힘든지를 설명하다가
귀문(貴門)에 막심한 무례를 저질렀습니다

　사람 노릇 못하면 돼지나 진배없다
　돼지 역할은 얼마나 쉬우냐
　먹고 싶으면 먹고
　자고 싶으면 자고

사죄합니다, 소생이 과문(寡聞)하고 몽매한 탓입니다
도(道)가 무엇인가 물으면,
배고프면 먹고 졸리면 자는 것*이라는
법문 한번 듣지 못하고
귀문이 어떻게 그 높은 경지에 이르렀는지를
배우지 못한 까닭입니다

용서하십시오, 저 최치원 선생님 같은
대학자를 낳은** 문중을 몰라 뵈었습니다
앞으로는 이렇게 가르치겠습니다

　사람으로 최상의 배역을 맡은 사람들은
　배고프면 먹고
　졸리면 잔다

돼지들 아니, 저씨
돈(豚)씨 해(亥)씨 시(豕)씨 문중의 법을 배울 수 있다면
그는 도인(道人)이다

* 당나라 대주(大珠) 혜해(慧海) 선사의 법문 '기래끽반 곤래즉면
(飢來喫飯 困來卽眠)'.
** 조선시대 전기(傳奇)소설 「최고운전」에는 최치원이 금돼지의 아
들로 그려진다.

전원교향곡

브루노 발터가 지휘하고 컬럼비아 오케스트라가 연주한
LP판인데,
1970년에 대도 레코오드사가 찍은 것인데,
잡음이 너무 심해서 버릴까 하다 그냥 듣는다.

　그새,
　비엔나도 많이 늙었을 테니까
　시냇물도 탁해지고 나이팅게일도 목이 쉬었을 테니까
　폭풍우 지나간 들판에 모여 피리 불던 양치기들이
　임금 인상 구호를 외칠지도 모르니까
　하일리겐슈타트에도 산불이 나서
　소방차 사이렌 요란할지 모르니까
　송전탑이나 발전소 건설 반대 데모를 막느라
　경찰 호루라기 소리 요란할지도 모르니까

아닌가? 거기는
꽝꽝 닫혀버린 베토벤 씨의 귓속 전원처럼
여전히 평화로운가?

나의 전원은 앓는 소리를 낸다
그새
상처가 더 늘었다.

좋은 친구들

사진작가 김영갑*씨가 하늘공원 관리사무소 앞마당에서
야구선수 루게릭 씨와 캐치볼을 하고 있다

루게릭 씨는 좋은 사람을 데려갔지만
나쁜 사람이 아니다

시인 한하운씨를 데려간
한센 씨도 착한 사람이다

루게릭 씨와 한센 씨도
친하게 지낸다

* 김영갑(1957~2005), 루게릭병으로 세상을 떠났다.

오래오래 학생이신,
—육주 홍기삼* 선생님 고희에

고희(古稀).
오래된 단어지요,
이희승 국어사전에서 배운 말이지요,
'김칠십'이라는 아호도 있는
추사 선생이 생각나는
숫자지요,

헌데, 누가 당신의 성상(星霜)을
그렇게나 급히 세었지요,
서른일곱, 서른여덟, 서른아홉…… 하다가
대번에 일흔?

제자한테 책 선물을 하실 때면 아직도
'학우에게'라고 서명을 하시고
여럿을 두루 일컬으실 적엔
'젊은 벗들'이라고 또박또박 눌러 말하는
당신의 눈은 아직도 깊고 푸른데,
당신 손에 쥐이면
분필도 철필이 되는데.

절정의 시절
당신의 펜은 철벽에도 또렷이 써지고
바위에 그어도

깊은 금이 남았지요.

한 시절은…… 길 위의 학생으로
디아스포라 떠도는 사람들 눈물을 읽고
한 세월은 길 위의 스승으로
동서남북 장명등 불빛을 돋우셨지요.

천년 세월 울타리쯤은
나제통문처럼 휘적휘적 넘어서
수로(水路)여, 충담사여
신라 사람들 오늘에 불러다가
노래마다 저울에 올려
그 오래된 생각의 무게를
새 눈금으로 읽어내셨지요.

당신의 어린 벗들은 이제야
더듬더듬 당신의 속을 읽습니다.
제 밭에 남의 농사를 짓지 말라는
가르침.

당신의 늦된 벗들은 이제야
당신의 저울 눈금을 읽습니다.
여간한 물건을 올려선 움쩔도 하지 않는

바늘의 말을 듣습니다.
"시시하게 하려면
앗세 집어치울 일이다."

앗세! 이 나라 제일가는 시인이셨던
당신 선생님 방언으로
어리석은 이마를 맵차게 휘갈기는
당신은 경진(庚辰)생 청년.

청청한 겨울 하늘에 당신의 선생님들도 나와보시는
고희의 아침 이 고마운 날에
불초의 안타까움을
시시한 곡조에 실어 올립니다.

* 문학평론가 홍기삼(1940~).

타격왕

(스포츠 신문에 의하면) 야구선수 K의 아버지는
이렇게 말하고 숨을 거뒀다고 한다

"나는 죽어서 아들의 배트에 붙어 있을 것이다"

아버지는 약속을 지켰다
고속버스보다 빠른 속도로 덤벼드는 공을
온몸으로 받아냈다

타격왕 K는 날마다
배트를 어루만지며
울었다

현암사
—강우식 시집『사행시초(四行詩抄)』

민음사 세계사 동학사 미래사 평민사……
현암사!
애비 책꽂이에 꽂힌 책들의 출판사 이름을 소리내어 읽던
어린 아들이 불쑥 이렇게 물었던 적이 있었다

　아빠, 현암사는 어디 있는 절이에요?

낙안읍성과 선암사를 여행하고 돌아온
어느 여름밤이었을 것이다

나는 그길로 현암사에 갔을 것이다
김시습처럼 잔뜩 못마땅한 얼굴을 하고
산문에 기대 서 있는 사내를 다시 만났을 것이다
나 또한 중도 아니고 속(俗)도 아닌
스물 몇 살의 위태로운 눈빛으로
자꾸 두리번거리며, 밤새
그 불온한 노래를 따라 불렀을 것이다

　마음도 텅 비어 빈 절터일 때
　내 속셈까지라도 다 짚어주시듯
　항시 말갛게 떠오르는 햇살을 지닌
　부처님 같은 계집애를 모셔 오리*

그런 게송들이
현암사(玄岩社) 장경각(藏經閣)
『사행시초』에 전한다,
법구경처럼

*「쉰일곱」 전문(『사행시초』, 현암사, 1974).

만공* 약전

지구가 한 송이 꽃이란 사실을 유리 가가린보다 먼저,
닐 암스트롱보다 먼저 알고 온 사람이 있었다
가야산 수덕사에 그의 글씨가 있다,
세계일화(世界一花), 세계는 한 송이 꽃
어디서 보았을까

달에서 보았을 것이다
월면(月面)이란 이름도 쓰던 사람이니까

1946년 어느 날, UFO를 타고
돌아갔을 것이다
아무도 보진 못했지만,
그 탈것엔 온통
꽃 그림이 그려져 있었을 것이다

앞유리창엔 행선지 표시가 있었을 것이다
만공(滿空)

* 만공 스님(1871~1946).

자화상

누구냐,
남의 얼굴에 들어와서 껍까지 질겅질겅 씹고 있는
너

바라건대,
H를 힘들게 하지는
말아다오

아름다움에 대하여

내 심장을 꿰뚫을 수도 있었을, 화살 하나가
종잇장 하나를 매달고 장대(將臺) 기둥에 날아와 꽂혔다
적장의 편지였다
역관(譯官)을 불러 읽어보라 했다

수레바퀴만한 달이 성곽을 타고 넘어가는 봄밤이오
오늘도 나는 변복을 하고, 동서남북을 두루 살피고
돌아와 이제 막 저녁을 먹었다오
망루며 포대며 당최 치고 때릴 데가 없더이다
나는 이 아름다운 성에 이미 무릎을 꿇었소

날 밝으면, 성문 앞 팽나무 그늘에서
바둑이나 한 판 둡시다, 우리

내가 지면 조용히 물러가리다
혹여, 내가 그대를 이긴다면
어쩌면 이렇게 아름다운
성을 쌓을 수 있는지,
기술이나 두어 가지 일러주지 않겠소?

1972년, 발행인 이병철, 삼성문화문고 ⑱,
조선불교유신론/님의 침묵

그간,

삼성사(三星社)도 백담사(百潭寺)도 참 많은 일이 있었고

나 역시 많은 일이 있었는데

책표지도 많이 닳고 헐었는데

146쪽과 147쪽 사진 속

  저자가 시심(詩心)을 익히던 설악산 백담사 앞을 흐르는 시내

그 물만

아무 일 없는 것처럼

그저,

침묵입니다

길 떠나는 가족
—이중섭 그림

게랑 물고기는 바다로 돌려보내고
춤추던 새들은 하늘로 날려보내고
바다와 모래밭은
제자리에 있게 하고
구름은
그냥 흘러가게 두고

마침 심심해 보이는 들판의 소한테
사정 얘기를 잘 해서
그 소가 너끈히 끌 만한 달구지나 한 대 빌려서
가장(家長)이 부르면 뒤도 아니 돌아보고
냅다 뛰어오는
식구들만
들꽃 다발처럼 싣고서

벌꿀비누 3000번

한때, 이런 상표가 있었다
벌꿀비누 3000번

같은 시절이었을 것이다
해인사 백련암 성철 스님은
찾아오는 사람마다
삼천 번씩
절을 시켰다

비누 한 장씩 나눠준 것이다
성철비누 3000번

삼천 번 비누질을 하는데
한자리에서 비누 한 장을 다 쓰는데
어느 때가 남으리
어떤 티끌이
붙어 있으리

가야산 홍류동
신라의 바위들도
날이 갈수록 마알간 살결을
자랑하게 되었느니

박녹주*를 듣는 밤

원산역에 내리면 곧장 남백우씨 댁을 찾아볼 참이다

"녹주, 네 몸은 내 한 사람 것이지만
네 목소리는 만인의 것이다"
이렇게 말하고는 제 여자를
큰 세상으로 놓아준 그 사내야 물론 없어도

"이달엔 네가 와라, 새달엔 내가 가마"
약조대로 만나던 밤에 소녀 명창이
베갯머리에 내려놓던
무정방초 한가락은 동백 울타리에
숨어 있을라

그 집이야 지금 없어도
명사십리 바닷가 어느 주점엔
여태도 경상도 선산 사투리로 피어난
해당화 한 송이
피어 있을라

역전 여관 툇마루에는
혈서를 보냈는데도 답이 없다며
그예 거기까지 달려와
홀로 소주잔을 기울이는 스무 살 청년

소설가 김유정씨도
아직 있을라

나는 김유정에도 지고
남백우에도 진다

* 박녹주(1906~1979), 김유정이 목숨을 걸고 연모하던 여인.

방산*몽유록(芳山夢遊錄)

내가 여기 처음 오던 날,
이승에서 들고 온 주소도 잃어버리고
이리저리 울고 헤맬 적에, 육전소설 속 귀인처럼
홀연, 높다란 누각의 주렴을 걷으며 나와
손을 흔드는 사람 하나 있었네

아, 큰형! 어려서는 노인들과 놀고,
나이들어선 어린이로 살던 형
1969년이던가, 내가 남산 골짜기에서 가재를 잡으며
놀다 온 저녁, 아주 멀리서 돌아온 형이
툇마루에 앉아 군화 끈을 풀고 있었지
오늘 우리는 그날처럼 포옹을 했네

여기가 몇 층이에요? 형 따라 아득한 다락집
지붕에 올라 술을 마셨네
우리가 살던 별이 잘 보이는 곳이었네
밤새 하계(下界)의 일을 이야기하며
술병 속에 별을 담았지
제대병 박제천이 남산 밑 미당(未堂)학교
4학년으로 돌아가지 않고
장자(莊子)와 놀던 시절 이야기가
제일 길었네

아래층 난간에선 장길(長吉)이란 사내가
잔뜩 취해 노래를 부르고 있었지
형이 인사를 시켜주어서
그가 당나라 시인 이하(李賀)란 걸 알았네

예가 어디냐 물으니
방산(芳山)이라네,
내 헤매 돌던 저잣거리가
방산 장터라네
이 꿈같은 이야기를 홀랑 잊을까 두려워
이렇게 적어두는 것이네.

* 시인 박제천(1945~)의 아호.

설산 위의 남산 코끼리에게*
—산악인 박영석을 보내는 노래

신선 되어 오르셨는가,
산신(山神) 되어 주무시는가
너무 높은 곳의 일이라
인간의 마을에선 알 수가 없네.
당신은 지상에서 제일 높이 오른 사람,
하늘 사람들이 오색구름 몰고 와서
모셔갔는가
하늘에서도 오를 사람 없는 아득한 벼랑으로
옥황상제 심부름 가셨는가
어디 계신가, 우리 눈엔 보이질 않네
수미산 꼭대기가 궁금해서
자일을 챙겨들고 떠나셨는가
아무도 못 가본 골짜기 비박을 하며
하늘 끝 찾으러 가셨는가
당신은 눈밭에서도 잠들지 않을 사람
죽어서도 누워 있지 않을 사람
또 어디만큼 가셨는가
인간의 깃발을 들고

이 땅에는 아름다운 날들이 와서
즐거운 낙엽에들 앉아
웃고 떠들며 김밥을 먹고 술들을 마시는데
당신이 아니 보이네

한참을 찾아도 안 보이네

북한산 설악산 지리산
이 땅의 산 그리메 모두 보이고
지상의 산이란 산 두루 비치던
당신의 크고 맑은 눈동자가
안 보이네
휘황한 계절에 문득,
조등이 내걸리고
당신이 없어 캄캄한 사람들이 우네
당신이 그리운 조선의 소나무가 우네
그러나, 오래 울진 않을 것이네
당신은 지상에서 제일 높이 오른
남산 코끼리
당신의 눈에 선연히 떠오르는
용맹 정진의 눈부처를 보며
눈물을 닦을 것이네
울음을 그칠 것이네
당신의 얼굴에서
불멸의 정신을 읽은 젊은이들이
슬픔의 등을 끄고 지혜의 등을 밝힐 것이네
남산의 코끼리들은 다시
저마다의 산을

—   오를 것이네.

* 2011년 11월, 동대신문의 청탁을 받고 썼다.

—

3부

불온한 생각도 아직은 더러 있는데

나쁜 상상

처형당한 소 한 마리가 냉동차에서 내려지고 있었다

행인들 몇이 팔짱을 끼고 서서 구경을 했다
조무래기들이 입을 벌리고 쳐다보고 있었다

순간, 내 머리엔 왜 하필 그 사진 한 장이
떠올랐을까

—1945년, 파리
  나치의 아이를 낳았다고 삭발을 당한 여인이
  구경거리가 되고 있는 광경

6·25 때, 어떤 소들은
적군의
달구지를 끌기도 하였다
부역을 했다

바다엔 불공정 거래가 많다

1
그는 조선 수군 백 명을 저쪽의 일천 군사와 바꿨다
우리 배 열두 척을 왜국의 전함 백삼십 척과 바꿨다
불공정한 거래였지만,
그는 조선의 사람값 물건값을
하늘만큼 올려놓았다

그는 알았다 세상의 어떤 거래도 억조창생의 목숨과
옥체의 안녕을 하룻밤에 바꾼 군왕의 거래보다는
깨끗하다는 것을
밀물 썰물이 아침저녁 다르고
뭍으로 밀려온 것들이 고스란히 되나가지 않고
나간 만큼 다시 돌아오는 것도 아니라는 것을

그는 장졸들에게 소리쳤다
사람 안 죽은 땅 보았는가, 사람 안 죽은 바다 또한 없다
만경창파 이랑마다 조상들 무덤이니
조선 사람 빠져 죽을 바다는
여기 없다,
우리는 죽지 않는다

2
아희야, 봄날이 오면 우리도 다시 그 바다에 나가볼 일

― 이다

배 한가득 수백의 소년 소녀를 싣고 나갔으나
남은 것 하나 없는 저 갑오년의 거래에 관해
땅과 하늘 마주 접히는 바다 복판에 서서
몽은사 화주승도 듣고 용왕도 듣고 한울님도 들으라고
소리칠 일이다

그러곤 기다려볼 일이다
어느 착한 거북이떼가 그 철석같은 등판에
오백 송이쯤의 연꽃을 지고
나오는 광경을

우리 옛적에는 공양미 삼백 석, 셈도 다 끝난 몸을
아무 계산 없이 다시 밀어올려준 순진한 경제도 있었고
어린아이들도 알다시피
바닷속 용궁의 제도는 여전히 바르고 정의롭지 못할 것
이니
그만한 일쯤은 한번
기다려볼 만하지 않은가

아, 무엇보다 그곳은
정유년의 그가 조선의 사람값 참 많이 올려놓아서

금빛 은빛 시리게 눈이 부신
남녘 바다 아닌가

그날

천지(天地)도 면목이 없고,
인간의 구멍에선 고작
한숨이나 내려 쌓일 때 제일 상석에 앉아 있던 노인이
문밖에 대고 소리쳤다

"아희야,
너 얼른 뛰어가서
김금화*
할머니 좀
모셔 오너라"

* 만신 김금화(1931~2019).

슬픈 날의 제화공

슬퍼서,

온종일
구두 한 켤레도 완성하지 못하고
울기만 하는
동료 곁에서

눈물쯤은 그냥 흐르게 놔두고
바늘 끝에 떨어지게 내버려두고
콧물이나 가끔
토시 낀 소매로 훔치며
결국은
오늘의 구두를 다 짓고 있는 사람

어제와 다르다면,
그 좋아하는 FM라디오조차
온종일
켜지 않았다는 것

슬퍼서

그때에 저것들이

겨우, 정신을 수습한 심학규씨가 어떻게든 땅끝까지
가보려고
흔적도 없을 테지만 청이 떠난 바닷가에
가보려고

곡성*을 벗어난 남경 장사 뱃사람들이
순천만 놓아두고, 굳이
참깨 익어가는 들판을 따라
나주목으로 가더라는 말을 듣고
흑산도 배 오가는 영산강 둑길 찾아
서(西)으로 서으로
울며 나아갈 때

그때에 저 홍어들이 봉사님 길 안내를
착실히 했을 것이다
저희들 중에도 아조 아프고 저린 속들만
죄다 나서서, 바람에
실렸을 것이다
떼 지어 앞장을 섰을 것이다

하나같이 새끼를 낳아 키워본
속들이었을 것이다

*『심청전』의 원형에 관해서는 학설이 많은데, 전남 곡성 사람들은
이 고장 옛 절 관음사 사적기에 그 근원 설화가 있음을 근거로 이곳
이 심청의 고향임을 믿는다.

홍어를 먹다가

이제야 알게 되었느니
결국
내 몸에서도 냄새가 진동할 것임을

이제야 깨닫느니
모든 냄새 앞에서 경망스럽거나 비겁했으며
냄새의 경계에 관해 더없이 무지했음을
살아 있는 조상들 앞에서도 코를 틀어쥐고
돌아온 애인한테도 진저리를 쳤음을
인도 어느 정거장에서 밀쳐버린
여인이 그대였음을

용서할지니
나 이제 가던 길도 버리고
냄새의 안쪽 깊숙이
그대를 향해

헤엄쳐가느니

화물의 종류에 대하여

화물연대가 파업을 했다, 일값 사람값이 너무 싸다고
수출용 컨테이너를 산처럼 쌓아놓고 트럭들이 섰다
세상을 바꿔보자고 화물을 내려놓았다
생각해보자 만일 오늘 우리가 붉은 띠를 두르고
아니, 시인협회가 작가회의가 스크럼을 짜고
시청 앞 광장에 나가서 구호를 외친다면?
화물값을 너무 안 쳐준다고
펜을 멈추겠다고.

거의 격추되고, 겨우 몇 대만

"……국민 여러분, 훈련 공습경보를 해제합니다…… 현
재시각 14시 30분 현재 우리 영공에 나타났던 적기들은
용감한 우리 공군에 의해 거의 격추되고, 겨우 몇 대만 북
으로 도주하였습니다. 이제 안심하시고 생업에 종사하시
기 바랍니다……"

민방위 훈련 날이면, 나는
이 글을 쓴 사람이 누군지 슬그머니 궁금해지곤 했다
우리 영공을 침범한 적기들이 전부 몇 대였는지는 모르
지만
어차피 연습이고 각본인데,
용감한 우리 공군이 모조리 떨어뜨렸다고 하지 않고
거의 다 격추되었다고 쓴 사람
몇 대는 북으로
돌려보내준 사람

리얼리티를 아는 사람
리얼리티를 반성할 줄 아는 사람

누군가는 이렇게 쓰라고 지시했을지도 모른다
우리 공군의 위협사격만으로도 혼비백산
모조리 꽁무니를 빼고
북으로 달아났다고

하지만
아무리 가상이고 훈련이라도
그렇게 되면 너무 시시해진다고
그렇다고 모조리 다 떨어뜨리지는 않고
몇 대는 북으로 돌려보낸 사람
겨우 몇 대는
집으로
돌아가게 놓아둔 사람

잠만 잘 사람

동네 골목 담벼락 끝에 이런 광고를 붙인 사람

  잠만 잘 사람, 철물점 옆집
  321-5746

말하자면, 철물점 옆집 주인은
지금 이런 사람을 찾고 있는 것이다

  (밥을 어디서 먹든 술을 어디서 마시든)
  잠은 꼭 한군데에서 자고 싶은 사람
  (무슨 일을 하건 참견하고 싶지 않지만)
  돌아오면 곧바로 드러눕고
  눕자마자 곯아떨어질 사람
  (몇시에 나가든 자유지만)
  눈뜨면 거울 볼 시간도 없이 저고리 꿰고 나갈 사람
  (처녀든 총각이든 상관없지만)
  게임도 샤워도 섹스도 모두 밖에서 해결하고
  방에 들어오면 잠만 잘 사람
  방에서는, 자는 것 말고는
  딱히 할 일이 없고
  아무것도 안 할 사람

장편(掌篇)

전화기를 귀에 바짝 붙이고 내 곁을 지나던 여자가
우뚝
멈춰 섰다

　　"……17호실?
　　으응,
　　알았어
　　응
　　그래
　　울지
　　않을게."

말이 끝나기 무섭게 운다 짐승처럼 운다
17호실에…… 가면
울지 않으려고
백주대로에서 통곡을 한다

이 광경을
김종삼 시인이 물끄러미 바라보고 있었다
길을 건너려다 말고

나는 악당이다

별들이 저렇게 철야를 하고 있는데,
잠이나 자고 있었다는 것은 얼마나
무심한 일인가
하늘이 저렇게 밤새 쇼를 하고 있는데,
지상의 객석이 텅텅 비었다는 것은 얼마나
무례한 일인가

입때껏 불을 훤히 밝히고 있는
저 천상의 가옥이
누구를 기다리는지 알면서
당신을 돌려보낼 생각조차 없는 나는 얼마나
무자비한 인간인가

근황

불온한 생각도 아직은 더러 있는데
꺼내놓을 용기가 없다,
대부분 옛사람 옛글이 시키는 대로
다소곳이
상부의 명령과 지시에
고분고분

고향에 보내는 편지에는 그냥
잘 지낸다고 쓴다

푸른 꽃

붉은 꽃 지고 푸른 꽃 핀다

손차양을 하고 해를 향해 마주 서면
아, 뜨거운 이파리들의 눈부신 개선
열흘 싸움에 지친 꽃들이 피 흘리며 떨어져 눕고
상처만큼 푸른 꽃들이
함성을 지르며
일어선다

이제 보니,
꽃들의 싸움도 참으로
격하구나
장하구나

매미는 올해도 연습만 하다 갔구나

텅 빈 합창단 연습실, 의상만 어지럽게 널려져 있다
주인은 당장 방을 비우라고 했을 것이고
단장도 단원들도 불쌍한 얼굴로 방을 나섰을 것이다
말도 통하지 않으니, 울며 떠났을 것이다

나는 이 집 주인이
어떤 사람인지를 안다

설렁탕집에서

대통령이 보이지 않는다.
간판을 배경으로 여주인과 악수를 하던
그가 보이지 않는다.

사진이 보이지 않는다. 김수영이 보았으면
저것도 벽에서 떼어 밑씻개로 쓰자고 했을.

간 곳을 물으니, 주인 여자는 그저
지금 막 뒷간을 나온 사람처럼 겸연쩍게
웃고 있을 뿐이다.

용산역 앞에서

수백의 지붕들이 고층 빌딩 몇 채 안으로 들어가버렸다

국밥집이 들어가고 선술집이 들어갔다
군용열차와 비둘기호가 들어갔다
거리의 여인들이 들어가고
부랑의 사내들이 들어갔다

들어가는 것은 보았지만, 저 안에 있다고 장담할 수는 없다
어두운 골목과 희미한 외등(外燈)도 있겠지만
찾기는 쉽지 않겠다

팔고 사고 잃고 흘리고 홀리고 뺏기고
훔치고 들키고 잡히고 달아나던 것들이 죄다
저 안으로 들어간 것은 분명한데
본 사람은 없다

다 어디로들 갔을까
우리도 한때는 새것을 더 많이 가졌던 사람들,
깨끗한 피와 시간과 눈물과
숫기의 주인 아니었던가

수천의 집들을
빌딩 몇 채가 다 먹어버렸다

4부
나만 못 본 게 아니라 아무도 못 봤다

마리아와 카타리나는 쌍둥이처럼 닮았다

나는야 백 번 천 번 박수를 칠 일이나,
저 사람들은 이제 야단났다.

중환자실로 우리 어머니 맹 카타리나를 데리러 왔다가 빈손으로
그냥 돌아가는 저승의 공무원들.
하필이면 그들은 우리 외할머니 안 마리아를 모시고 갔던
바로 그 사람들.
얼마나 놀랐으랴. 일전에 자신들이 데려다놓은 사람이
다시 여기 와 누운 걸 보고!

아니, 이 사람이 어떻게?
도로 이승으로 보내져 부활의 시간을 기다리는가,
쌍둥이 동생인가? 돌아가서 확인부터 하자.
자칫하면 수로만리(水路萬里) 토끼 데리고 헛걸음한
별주부 꼴 될라.
가자, 가기는 간다마는 황천 구만리
어이 가리너, 어이 가리너.

저들은 결국 다시 올 것이다.
틀니도 빼놓고 피골이 상접하여 누워 있는 저 여인이
안 마리아인지 맹 카타리나인지
조사가 끝나면 쏜살같이 달려올 것이다.

아무려나, 사자들이 저승까지 되돌아갔다가 오려면,
다시 삼십 년은 좋이 걸릴 터.
두어라, 우리 모친 백수(百壽)는 이제
떼어놓은 당상 아니겠는가.

안 마리아와 맹 카타리나, 이 모녀는 정말
쌍둥이처럼 닮았다.

봄은 길게 눕는다

일찌감치 구덩이를 파놓고
술과 담배 적당히 나눠 먹은 인부들이
공원묘지 차일 아래
벌러덩 누워 있다
한 사람만 몸이 달아서
긴 언덕길을 분주히 오르내릴 뿐
누워서 올 그대도
그대를 들고 산비탈을 올라올 사람들도
아직 보이지 않는데
그대 누울 자리에
목련꽃 이파리 서넛이
먼저
들어가 누웠다
나무 그림자도 길게 누웠다

우주의 관객

먼저 떠나간 당신이 어디선가 나의 결말을 보게 되었을 —
때,
용케 살아남았지만, 더이상의 반전은 없을 거라고
전문가들이 입을 모을 때,
그 소리가 내 귀에도 다 들릴 때

주인공이라고 해도 살아남을 가능성은 많지 않을 때
주인공의 애인이라고 해도 어찌해볼 도리가 없을 때

복숭아꽃 살구꽃 아기 진달래는 습관처럼 태연히 피었고
당신 눈에도 익은 울긋불긋 꽃대궐을 배경으로
대우합창단이나 선명회합창단이 부르는
〈고향의 봄〉이 울려퍼질 때

당신은 새 애인이랑 객석에 앉아 있고
⋯⋯나는 아직
화면 속에 있을 때

식인 사건 피의자에 대한 검사의 구형

속절없고 하릴없을 때면 피고의 모친은 습관처럼
이렇게 말하곤 했습니다 "에미를 잡아먹어라."
그랬지요? (피고, 고개를 끄덕인다)
"에이, 엄마를 어떻게 잡아먹어요?"
말은 그렇게 하면서도 피고는 습관처럼
어머니를 먹었습니다
인정하지요? (피고, 고개를 끄덕인다)

그러던 어느 날 아침 식탁에서, 피고는
무심코 자신의 범행을 시인하는
자백을 하고 맙니다
여기 녹음 기록이 있습니다
"……이런, 더 먹을 게 없군……"
피고의 목소리가 맞지요? (피고, 고개를 끄덕인다)

존경하는 재판장님,
피고는 식인 습관을 가진 자로서 자신의 어머니를
남김없이 먹은 인물입니다
피고, 다 먹었지요? (피고, 고개를 끄덕인다)
이 흉악무도한 포식동물에게
하늘의 법 사람의 법 우주의 법,
이 세상 모든 법 중에서 최고의 형벌을 찾아주시길
강력히 요청하는 바입니다

피고, 이의 있습니까?

피리는 치마 속에 들었네

산을 아버지라 생각하는 형과 누나들을 따라서
벗어진 당신의 머리 꼭대기를 점령군처럼 밟고 서서
만세를 부르고 손나팔을 만들어 당신 귓전에 대고
소릴 쳤었지,
피리를 내놓으시오 내놓으시오
세상이 바뀌었음을 알려라
당직 아나운서에게 권총을 들이대던 혁명군처럼

당신의 시절은 갔으니
순순히 내놓으시오, 을러대며 밀고 당겨도
샅샅이 뒤져라 몇 날을 들쑤셔도
찾지 못한, 그것을 오늘

산을 어머니라 생각하는 어린 동생들을 따라갔다가,
걔네들이랑 당신의 젖가슴 십 리 길 내달리며
응석이나 부리다가
당신 무릎에서 발치까지 한나절
뛰고 구르다가
치맛자락에 수놓인 풀꽃을 따며 놀다가
치마폭 들추며 숨고 좇다가 찾았네,

땅끝에 가서 불면 죽은 사람 귀에도 들리고
무덤에 넣어주면 저승의 노래가 나온다는

신묘한 피리, 느림보에 게으름뱅이 나도
그것 하나 얻어 가졌네

피리는 치마 속에 들어 있었네

할미꽃

앉은뱅이 노인이 가면 어딜 가랴 생각한 게 잘못이었다. 산이 저 홀로 깊어져서 찾을 수가 없었다. 골골이 묻고 다녔으나 봤다는 사람은 없었다. 아니, 물어볼 사람조차 없었다. 혼자서 헤매다 날이 저물어 산을 내려왔다. 산도 따라 내려왔다. 막차 시간이었다.

이듬해 기일이던가. 허리 굽은 꽃 한 송이를 꼭 한 번 보았을 뿐이다. 그뒤로는 꽃도 할머니도 못 봤다. 나만 못 본게 아니라, 아무도 못 봤다.

그럴 수도 있겠다

입맛도 없고 반찬도 시시해서 숟가락을 내려놓는 내게
어머니께서 물으셨다

왜
밥을
안
먹니?

똥
눌
데가
없니?

신동

저쪽에서 알고 있던 어떤 것도 말하지 않겠다고
서약까지 하고 와서는
잊었을까? 참을 수 없었을까?

아홉 살짜리가 무대 위에서
너무 많은 말을 하였다
물론 피아노로 한 이야기여서
몇 사람이나 알아들었는지는 알 수 없었으나
청중들은 일제히 일어서서
박수를 쳤다

나는 교육받은 대로 권총을 뽑아들고
무대를 향해 겨누는데
어디선가 천사가 나타나
속삭였다

"아직 열 살도 안 됐잖아요."

나도 가만히 고개를 끄덕이며
슬며시 총을 감추고 박수를 쳤다

그렇게
십 년쯤 참고 지켜보다가

오늘 나는
소년을 쏘았다

이번에도 천사가 나타나서
중얼거렸다

"어떻게 열아홉 살짜리를……
스무 살도 안 됐잖아요."

절 받으시오, 젊은이

1

곽 속에 누워 계신 아버지, 마지막으로 하나만 여쭙겠습
니다 아버지 노릇이 이번 생에 처음이셨지요? 애당초 원치
도 않았고 배운 적도 없는 일이셨지요? 그저 감나무나 코끼
리 혹은 도라지꽃이나 되려 하셨지요?

2
파장 무렵의 황천장터
아무도 거들떠보지 않아 끝까지 남은 물건 하나를
제일 어리고 마음 약한 당신이
수줍게 품어 안으셨지요?
아버지학교를 마친 영리한 귀신들도 도리질하며 뒷걸음
을 치고
현고학생부군(顯考學生府君) 제사에 다녀오는 혼백들도
빙 둘러 날아가며 손사래를 치던 물건,
당신의 아들은 못된 자식으로만
마흔일곱 번을 태어났던 사람
이승에 산 세월만 도합 천이백 년이 넘는 구렁이
당나라 똥 막대기

3
마지막 절 받으시오, 젊은이
상자 속에 갇혔을 뿐

아직은 새파란 불꽃을 품은 당신
하직 인사를 받으시오
누워서 떠나지만, 잠시 뒤엘랑은
지구의 망원경으론 잡히지도 않을 만큼
먼 협곡이나 아무것도 무겁지 않은 평원에
사뿐히 내려앉을 우주의 청년,

아버지여 안녕히.

한 남자와 두 여자

이 봉분 아래 세 남녀가 누워 있다, 말하자면 지하 단칸
방에

가운데에 남자가 있고 두 여자가 양옆에 누웠을까
두 남녀가 한데 얽혀 있고 한 여자는 구석에
가만히 누웠을까

정이품 순천 김씨를 따라 들어간 두 여자
진주 정씨 그리고 해평 윤씨
남자는 얼마나 혼자 지내다가 여자를 다시 만났을까
남자의 방에 먼저 따라 든 여자는
정씨일까 윤씨일까
셋은 아직도 함께 지낼까

한 여자는 떠나고 두 남녀만 남은 건 아닐까
남자가 일찌감치 떠나버린 빈방에
뒤늦게 두 여자만 찾아든 건 아닐까
남자만 남고 여자들은
홀연히 사라진 건 아닐까

아니, 어쩌면 세 사람 모두 딴 세상으로 옮겨가
지금은 아무도 없는 빈방 아닐까

아직 셋이 함께라면 우리가 오랫동안 믿어온 대로
사람은 죽으면 잠만 자는 것이다
그저 잠이나
자는 것이다

이발소 앞을 지나며

삼거리 이발소 회전등이 순찰차처럼
활발히 돌고 있다
나를 기다리며 돌고 있다

생각해보니, 어느 날
내가 머리를 단정히 깎고 먼길을 가서
다시 이 마을로 돌아오지 않는 것과
이발소가
문을 닫는 것은
큰 차이가 없다
그것은
칠 년 동안 머리를 쓰다듬고
뺨을 어루만져주던
사람과 아주 헤어지는 것

그리하여,
나는 이 앞을 지날 때마다
이 거리의 제일가는 이발사
저 팔십 노인의 만수무강을
기원하는 것이다

권학문(勸學文)

다섯 살 김시습이 시를 쓰고 다섯 살 모차르트가 곡을 쓴다

저것은 필경, 여기 오기 전부터
미리 해놓은 공부가 틀림없나니

먼산이나 보는 제군,
공부해보지 않으려오?
『논어』를 들어도 좋고 『소학』을 읽어도 좋소
러시아말도 좋고 힌디어도 좋고
히브리어나 산스크리트어도 좋소
꽹과리를 익혀도 좋고 노래 교실엘 나가도 좋소
당구 입문은 어떠시오 요리 강좌는 어떠신가
그림을 그려도 좋고 바둑을 배워도 좋소
낙타를 키워보고
코브라를 길들여보는 것도 좋을 것이오
『산해경』도 읽어두면 유익할 것이고
곤충도감도 들춰보는 만큼 요긴할 것이오
늘그막의 어느 시인처럼
지구 위의 모든 산봉우리 이름을
외워도 좋소

저 벤치 위의 학발(鶴髮) 소년들이여,
공부를 권하노니

저녁 해 새벽빛
일촌광음불가경(一寸光陰不可輕)
공부를 권하노니

잠들기 전에 밑줄 그어둔 대목이
눈감기 전에 외워놓은 문장이
거짓말처럼 ①번 문제가 되어
떠억하니 올라오던 입학시험 날의 아침처럼

눈감기 전에 보아두던 것을, 칠성판에 누워 마지막 들은 말을
저승 세관원이 물어올지 어찌 알리
코란 읽어본 사람, 『법구경』 게송 하나 외는 사람
손드시오
독일어 아는 사람
수타면 뽑을 줄 아는 사람
나오시오
인력시장 구인광고 요란할 제
번쩍 손들고 나서면
가고 싶은 곳 수이 가고
되고 싶은 것 용케 될 터이니

공부해보지 않겠소? 제군

노인대학은
더 늘어나고
과목은
더 많아질 것이오

생각해보시오,
제군.

이산

이렇게 오래 헤어져 살게 될 줄은 몰랐다는,
사나흘이면 삼팔선이 무너지고
고향집으로 돌아갈 줄 알았다는
그이들처럼

나 또한
이 낯선 별에서 홀로 이렇게 오래 지내게 될 줄은
몰랐네

오늘도,
별들이 모래알만큼 모이고
사람들이
별만큼 모여서
소리치고 울부짖으며 제 식구 찾아 헤매 돌고
가족을 만나선
안고
업고
춤추며 떠나가는
사막 한가운데서 하늘 우러러
나도 그저
밤새
외쳐볼 뿐

눈먼 애비 데리러
너도 오느냐
연꽃수레 타고 오느냐
청아.

화장(火葬)

사람 하나를 여섯 사람이 들고 들어갔다

여섯이 들고 들어간 사람을 혼자 들고 나왔다

떳떳한 슬픔의 얼굴

송종원(문학평론가)

1. 나와 당신의 얼굴

　문단에 미래파 논의가 한창일 때부터였던가. 사물과 사물 사이에 닮음을 알아보는 시선은 그리 주목받을 만한 특별함으로 여겨지지 않기 시작했다. 때로는 동일성이라는 어휘가 동원되기까지 하면서 닮음의 발견은 차이에 둔감하며 세련되지 못한 시선으로 평가절하되거나 존재들 사이에 다름을 지워내고 똑같은 것으로 만드는 폭력적인 재현으로 치부되기도 했다. 하지만 이는 차이를 특화하려는 목적이 빚어낸 과장된 서사에 가까운 것은 아니었을까. 차이와 개별성 내지 단독성이란 어휘들이 발휘하는 빛에 사람들의 시선이 몰렸던 것은 어쩌면 특별한 개인이 되고픈 욕망과 무관하지 않았다. 나는 다른 사람이고 싶은 욕망이 우리를 주도했고 그 빛에 맹목적이 되었다. 물론 이 욕망을 나를 지워내고 타자로 다가가는 과정으로 서사화하는 주장이 없었던 것은 아니다. 그런데 목적지가 타자라면 따지고 볼 지점이 있다. 우리는 언제부터 나와 타자를 전혀 별개의 것으로 상정하기 시작한 것일까. 나와 타자를 철저하게 분리시키는 형식논리는 실제의 현실 속에서 얼마나 유효할까.
　다시 생각해보면 저 개인적인 것에 대한 욕망이 때론 집합적 주체로서의 우리의 존엄성을 덜 사유하게 하고, 우리를 개개인의 고립된 존재감 속에 빠져들게 한 측면이 없지 않을 것이다. 모던한 자유주의적 개인을 추구하는 사이 우

리는 삶의 여러 부면들을 문학 속에서 발견하는 데 소홀하
지는 않았을지 들여다볼 시간이 필요하다. 가령, 우리의 서
로 엇비슷한 삶의 얼굴 같은 것들을 말이다. 엇비슷한 삶이
라는 표현에서 어떤 외부의 압력에 개성을 잃은 평준화된
삶의 모습을 떠올린다면 그것은 오해이다. 그보다는 누구나
자신의 삶에 존엄성을 지키고 떳떳하게 살고 싶은 욕망을
품고 있으며, 그것을 실현하는 일이 혼자만의 책임도 성과
도 아니라는 사실과 관련한다.

　조금만 에둘러 유사함을 알아보는 시선의 중요성을 이야
기해보자. 사물들 사이의 비슷함을 처음 알아보고 반응하는
아이의 시선을 관찰하다보면 인간의 앎과 미감에 대해 생각
하게 된다. 무수한 다양함으로 이루어진 세계에서 닮은 것
들을 발견하는 아이의 눈은 세계에 대한 새로운 흥미와 관
심으로 분주하다. 천변만화하는 존재들의 세계에서 문득 어
떤 관계성을 알아챘을 때, 아이에게 이제 세계는 제각각의
만물이 외따로 존재하고 움직이는 혼돈스러운 허방이 아니
라, 어떤 짜임새를 지닌 장소로 다가올 것이다. 그리고 그때
그는 스스로의 구성력으로 세상을 해석하고 파악하게 된다.

　어쩌면 우리의 앎 또한 그렇게 형성되었으리라. 개개 존
재들의 고립이나 단절 또는 별개의 무관 속에서 세상을 바
라보는 것이 아니라, 각기 다른 존재들 속에서 유사함을 발
견하고 세상 속에 어떤 연결성을 알아채며 그것들의 사이
의 이야기를 사고하는 방식으로 말이다. 다시 말해 닮음을

알아보는 시선은 인식의 과정 속에서도 꽤나 중요한 기능을
한다. 그런데 인식의 기능 못지않게 중요한 게 또 있다. 서
로가 다른 존재일 뿐 아니라 유사함을 지닌 존재들이라는
사고는 한 발짝 더 나아가 어떤 평등의 감각에 도달하게 한
다. 이 평등은 만물에 깃든 어떤 존엄의 감각을 깨닫게 되
는 과정과도 닿아 있다. 윤제림의 시는 이 평등의 감각에 특
히 예민하다.

　　비슷하게 한세상 살아온 사람들이
　　비슷비슷 뜨고 붓고 눋고 타고
　　그을린 얼굴로
　　솔밭에 차일을 치고 막걸리 여러 말 받아놓고

　　오래전에 이고 살던
　　구름의 안색과 하늘 낯의 인상을
　　대조하며
　　서로의 잔을 채우고 있었다

　　넘치게
　　　　　　　　　　　　　　　　—「면민회(面民會)」 전문

　그림으로 치자면 윤제림의 시는 대상을 빼곡하게 채워넣
는 그림이 아니라 대상을 심플하게 다루고 그것을 또한 화

폭에 여유롭게 펼치는 쪽이다. 여백을 화폭으로 다룰 수 있는 능력은 일종의 말없음을 말로 다룰 수 있는 능력과 같을 것이다. 가장 고도의 수사법은 침묵을 얼마나 능숙하게 다룰 줄 아는가에 있다고 했던가. 본능적으로 말할 수 없음의 복잡함에 민감한 이 시인은 복잡함을 혼돈스럽게 펼쳐내는 방식과는 거리를 둔 채, 심플한 묘사와 진술로 시적 형식을 방법화한다. 그런데 이 방법으로 펼쳐진 풍경이 꽤 깊다.

이 시인은 모든 사물에서 한순간의 특별함을 주목하는 게 아니라 한순간에 모여든 오래된 시간의 흔적을 본다. 가령 깊이 팬 세월의 흔적 같은 것. 상처라는 말을 먼저 떠올리기 쉬울 수 있다. 세월과 상처라는 말이 조금 낭만적으로 들린다면, 역사의 압력이라는 표현으로 대체할 수도 있겠다. 이 땅의 시는 이 땅의 굴곡진 역사만큼 개개인의 삶에 작용한 압력과 그로 인한 고통과 슬픔을 기록했다. 이 기록에 깊음이 없다고 말할 수 없지만, 윤제림 시의 깊이는 좀 다른 데서 출현한다. 가령, 우리의 평범한 얼굴에 새겨진, 비범한 단단함 같은 것.

"뜨고 붓고 눋고 타고"와 같은 말의 터치감이 예사롭지 않다. 별것 아닌 거 같은 저 말의 감각이 묘하게도 속을 뜨겁게 한다. 저들의 피부에 스친 열기의 흔적이 곧 그들이 겪었을 고통의 흔적이며 또한 그 고통에 사로잡히지 않고 떳떳하게 세상살이를 뚫어낸 힘의 열기이지 않겠는가. 그러니 저 단순한 말의 정렬 속에서 얼마나 많은 눈물과 고투의 순간들이 겹쳐져 있을까. 같은 맥락에서 머리 위의 구름과 하늘의 낮 또한 그들이 세상살이를 통해 마주한 암흑과 잠시의 기쁨을 연상시킨다. 이 면민회는 그냥 면민회가 아니다. 가난하지만 정직하게 살아왔고, 괴로움 속에서도 뚝심 있게 살아낸, 존엄한 삶들이 서로를 축복하는 자리이다. 정감 어리고 곧은 생명의 얼굴들이 서로의 잔을 채우고, 사람의 얼굴들에서 떳떳한 사람의 말이 흘러나올 것이다. 이렇듯 깊은 기쁨의 순간을 평범한 사람들의 얼굴에서 발견한 시인의 손끝은 얼마나 날카로운가. 이 날카로움은 평등한 사람들이 일구어내는 보람된 삶의 결실을 자각할 때만 비로소 얻을 수 있는 감각이 아닐까.

2. 같이 우는 친구들

일전에 한 소설가의 산문집에서 본 문제 하나. 어머니가 죽었다. 세 딸이 집으로 돌아온다. 세 딸 중 누가 가장 많이 울까. 별다른 조건이 추가되지 않아서 많은 상상력을 필요로 하는 이 문제는 소설가가 대학 시절 선생에게서 들었던 문제라고 했다. 기억 속에서 선생이 제자들에게 내놓은 답은 '가장 가난한 딸'이다. 꼭 그럴까 싶어 딴지를 걸고 싶은 부분이 없지 않지만, 고개가 끄덕여지는 부분이 적지 않은 것도 사실이다. 가난은 그렇게 사연을 만들고 상처를 만

들고 눈물을 만든다. 또한 가난은 그렇게 사람을 약하게 한
다. 그래서 가난은 대개 만남의 조건이 아니라 이별의 조건
이 되는 것일 게다. 그런데 윤제림의 시에서는 조금 다르다.
여기서 가난은 사람과 사람을 떨어뜨려놓는 기능을 하는 것
이 아니라 잇대어놓는 역할을 한다.

저것은,

두보가 강변 주막에다
조복(朝服)을 저당잡히고
아침부터 취해 울던 날에

그의 술잔 속을 들락거리던 허연 수염이거나,
거기 매달려 흔들리던
그 무엇이다

그것이, 지금

짜장면을 먹다가 느닷없이 엉엉 울기에
왜 우느냐 했더니
"단무지가 너무 맛있어서"라고 하고는
다시 또 울더라는 이 고장 시인
박용래처럼

내 앞에서

울고 있다

—「억새—금강의 가을」전문

조복을 저당잡히고 술을 마시며 울고 있는 두보에게서,
그리고 짜장면을 먹다 느닷없이 엉엉 울고 있는 박용래에게
서 그들이 어떤 사연을 품고 울고 있는지 우리는 들어볼 재
간이 없다. 그런데 생각해보면 우리가 진정 궁금해해야 할
것은 저들의 사연이 아니다. 저들에게 더이상 왜를 묻는 일
은 어딘가 어색하다. 어쩌면 이 상황에서 굳이 왜를 따져 묻
는 일은 자신의 영혼이 얼마나 가난한지를 드러내 보이는
일이 될지도 모른다. 묘하게도 갈대의 속처럼 사연의 텅 빈
자리는 말 못할 사연의 보편성으로 기능하면서 누구나 저
자리에 동참하며 눈물을 흘린 가능성을 마련하기 때문이다.
가난이란 말로 이야기를 시작했지만, 두보와 박용래의 눈
물 속에는 물질적 가난이 전적이거나 절대적인 구성 요소로
작용하지는 않았을 것이다. 이 시가 가난을 낭만화하는 일
과는 무관하다는 말이다. 청빈(淸貧)이라는 말을 쓴다면 어
떨까. '빈(貧)' 앞에 놓인 '청(淸)'이란 말의 무궁한 이미지
가 이들의 눈물 속에도 자리하고 있는 것은 아닐까. 정직성
이라는 말로는 부족한, 삶과 영혼을 대하는 어떤 정(淨)한
태도가 그들에게 물질적 가난의 조건을 이끌게 하였을지 몰

라도, 그리고 그것이 눈물을 쏟게 하였다 하더라도, 이들의 눈물은 어딘가 비참하게만 보이지 않는다. 이 눈물에는 삶의 부족분을 떠올리게 하는 힘이 있다. 있는 현실은 늘 언제나 있어야 하는 현실과 동일하지 않다. 이 간극을 사람들은 꿈과 희망으로 채워내며 살거나 혹은 버틴다. 시인들이 삶 속에서 시의 핵심 요소인 감정과 꿈을 발견하는 자리 역시 저 간극에서 일 것이다. 그러니 우리가 두보에게 그리고 박용래에게 사연을 묻는다면, 왜 우는가가 아니라 어떤 꿈을 꾸는가여야 할지도 모른다.

어쩌면 두보의 꿈과 박용래의 희망과 윤제림의 기원이 다르지 않았던 것일까. 시인은 자연스레 선배 시인들의 눈물을 지금 자신이 바라보는 갈대의 모습과 겹쳐놓고 있다. 이 겹침은 세 명의 시인의 꿈이 같아서가 아니라 그들의 꿈의 형식이 같아서였을 것이다. 시인들은 감정을 통해 꿈을 구체화하고 꿈을 통해 감정의 깊이를 현실화하는 사람들일 테니까. 또한 이 겹침은 공명의 힘에 예민한 윤제림 시인의 감각 때문이었을지도 모르겠다. 네가 울고 또 내가 같이 우는 사이, 윤제림의 시는 우리의 삶이 절대적으로 요구하는 어떤 친밀성의 감각을 활성화시킨다. 서로의 삶을 돕는 일이 자신의 삶을 가장 잘 돕는 일이라고 생각하는 듯. 시인은 창조적으로 서로의 힘을 모으는 형식의 작품들을 시집에 올린다. 어쩌면 이 시집에 실린 그의 시편들의 한 갈래들은 '좋은 친구들'의 기록이라고 보아도 무방하다.

3. 방생과 공생

세상에는 의심스러운 말들이 많은데, 순리라는 말도 그중 하나이다. 순리라는 말은 자연스러움을 가장하고 있지만 그것은 때때로 정해진 이치라는 의미 속에 어떤 억압을 자연화할 가능성을 숨겨둔다. 다시 말해 순리에 따른다는 말의 구조 속에는 억압을 자연화한 이치로 바라보는 착시가 작용하고 있다. 그런데 윤제림의 어떤 시들은 순리라는 말을 다시 생각하게 한다. 그의 시가 내세우는 가장 기초적인 순리는 모든 존재를 제자리로 돌리는 것이다. 제자리라니! 존재들에 정해진 자리가 있다는 말일까.

한 사람에게 제자리라는 것이 있다면 그 자리는 그의 힘만으로 구성되는 자리일까. 아니다, 그렇지 않다. 윤제림의 시적 사유는 나에게 가장 잘 어울리는 자리가 마련되기 위해서는 내가 누군가를 돕고 또 누군가가 나를 도와야 한다는 사실을 일러준다. 그러니까 어떤 '곁'이라는 공간, 혹은 존재와 존재의 '사이' 공간이 잘 자리한 곳이어야만 한다. 제자리란 정해진 자리라기보다 그의 생명력이 가장 잘 발휘되면서, 다른 존재들과 가장 잘 어울리는 곳이기도 하다. 그래서 이렇게 말할 수도 있다. 윤제림의 시에서 존재들은 순리에 따르는 것이 아니라 순리를 빚는다.

게랑 물고기는 바다로 돌려보내고

춤추던 새들은 하늘로 날려보내고
바다와 모래밭은
제자리에 있게 하고
구름은
그냥 흘러가게 두고

마침 심심해 보이는 들판의 소한테
사정 얘기를 잘 해서
그 소가 너끈히 끌 만한 달구지나 한 대 빌려서,
가장(家長)이 부르면 뒤도 아니 돌아보고
냅다 뛰어오는
식구들만
들꽃 다발처럼 싣고서
　　　　　　　—「길 떠나는 가족—이중섭 그림」 전문

　이중섭은 길 떠나는 자신의 가족들을 그리기 위해, 가족
들이 포함된 세계의 만물들을 먼저 어떤 자리로 돌려보낸
다. 물고기에게 물이 그렇고, 새에게 광활한 하늘이 그렇듯,
그 자리는 그들이 가장 자유로울 수 있는 자리다. 바다와 모
래밭과 하늘은 저 자유롭게 풀린 존재들의 자연스러운 배
경이 되어 그 또한 스스로를 풀어낸다. 서로가 서로를 구속
하는 것이 아니라 자연스럽게 서로의 생을 방생하도록 돕

는다. 즉 서로가 서로에게 창조적으로 협동하는 공간을 형성하면서 각자의 세계가 아니라 공통의 세계가 시 속에 구현되는 중이다. 그림 속 가장의 모습 또한 다르지 않다. 그는 자신의 책임을 다하기 위해 자기 홀로 애쓰는 것이 아니라 소라는 동물의 힘을 빌린다. 그렇다고 해서 가장만이 애쓰고 있는 것은 아니다. 가족 구성원들 모두 그의 계획에 동참하여 하나의 정겨운 공간을 만들어내는 데 결정적인 역할을 한다. 아내와 아이가 없었다면 이 풍경의 온기는 온데간데없이 사라졌으리라. 그러므로 가장의 결정에 자발적으로 따라주는 가족 구성원들의 모습 또한 어떤 애씀이고 협동의 모습일 게 분명하다. 그러므로 이때 가장의 모습은 권위를 독차지한 사람이 아니라 다른 구성원의 권위를 찾아주는 사람으로 볼 만하다.

다시 처음 인용했던 시(「면민회(面民會)」)로 돌아가자면, 이들은 모두 한세상을 살고 있는 존재들이다. 각자의 세계를 존중하면서도 그 존중에는 타자의 존중이 함께 있다는 것을 의식하고 있다. 그러기에 그들은 고립되지 않고, 외따로 있지도 않고, 우울한 상념에만 기대고 있지 않다. 하나같이 서로가 서로를 살게 하고 신명나게 하고 있지 않던가. 이런 기본적인 의식은 윤제림의 시 곳곳에서 발견된다. 가령, 딸 찾아 바다에 나서는 심봉사를 돕는 생물들을 그릴 때도 그렇다.

그때에 저 홍어들이 봉사님 길 안내를
착실히 했을 것이다
저희들 중에도 아조 아프고 저린 속들만
죄다 나서서, 바람에
실렸을 것이다
떼 지어 앞장을 섰을 것이다

하나같이 새끼를 낳아 키워본
속들이었을 것이다
                        ─「그때에 저것들이」 부분

　시인은 우리 모두가 속 깊은 존재가 될 수 있다고, 또 되어
야 한다고 말하는 것일까. 상처 속에서 인간은 아프고 괴로
운 사람으로 남는 것이 아니라, 그 상처를 통해 나 아닌 존
재들에 눈을 뜨고 그들의 고통에 공명하며 그 공명으로 서
로를 돕고 그 도움으로 결국에는 한세상을 그럴듯한 세상으
로 변화시키는 역할을 해낼 수 있으니 말이다. 아이를 낳아
키워본 속들은 아이를 성장시킨 속들이 아니라, 아이와 함
께 새롭게 성장한 삶이라는 것을 시인은 우리에게 말한다.
이미 직감한 독자들도 많을 것이다. 아이를 잃은 부모의 모
습은 이 땅에서 2000년대를 살아온 사람들이라면 우리 시
대의 특별한 알레고리로 읽을 수밖에 없기 때문이다. 시인
은 그것을 애도하면서 동시에 애도에만 머물지 말자고 말하

는 듯도 하다. 특별한 개인들의 사건이 아니라 우리 공동의
상처이고 사건이었던 그것을 의식에 새겨 사회적 관계 속에
서 자신의 책임을 다하는 속깊은 주체로 거듭나길 기원하는
듯도 보인다. 아니 어쩌면 속깊은 사회, 속깊은 세상을 바라
는 것일지도. 그 세상만이 우리의 삶은 제자리로 돌리고 자
유롭게 한다고 믿으면서 말이다.

4. 슬픔의 강력함으로

시와 함께 슬픔을 이야기하는 일은 어렵지 않다. 시는 늘,
자주, 슬픔에 대해서 말해왔기 때문이다. 그래서일까, 한편
으로 슬픔은 때로 구태가 되었고 자기 안에서 반복되는 나
태한 감정이 되어버리기도 했다. 그러나 많은 시인들이 여
전히 시적 감정의 기원처럼 슬픔을 다룬다. 회피하고 눈감
을 수 없는, 어쩔 도리 없는 강력함이 슬픔이라는 감정에는
깃들어 있기 때문일 것이다. 하긴 슬픔만큼 나를 압도하며
어쩔 수 없게 만드는 감정이 또 있으랴. 많은 시인들이 거
기에서 삶의 어떤 구체성을 감지하고 있는 것도 어쩌면 당
연한 일이다. 그런데 윤제림의 시에는 좀 독특한 면이 있다.
어쩔 수 없음을 수락하면서도 또 그 어쩔 수 없음을 기어코
밀고 나가는 독특한 기운이 그러하다.

슬퍼서,

온종일
구두 한 켤레도 완성하지 못하고
울기만 하는
동료 곁에서

눈물쯤은 그냥 흐르게 놔두고
바늘 끝에 떨어지게 내버려두고
콧물이나 가끔
토시 낀 소매로 훔치며
결국은
오늘의 구두를 다 짓고 있는 사람

어제와 다르다면,
그 좋아하는 FM라디오조차
온종일
켜지 않았다는 것

슬퍼서
                        —「슬픈 날의 제화공」 전문

이 시는 은근 노동에 대한 질문을 품는다. 시에 그려진 제화공의 모습은 이 시대 노동자의 초상을 대표한다고 볼 수 있을까. 어쨌든 우리 역시 대부분 제화공처럼 노동하는 사람이다. 그런데 우리의 노동이 존중받고 제대로 값을 돌려받는 경우는 얼마나 될까. 최근에 저널을 통해 알려진 바에 의하면 제화공은 말 그대로 노동력을 착취당하는 자리에서 일하는 중이다. 삼십만원짜리 수제화를 만들면서 제화공이 노동으로 돌려받는 보상은 칠천원이라니. 슬픈 사람의 노동을 다루는 시처럼 보이는 이 작품에는 실은 노동의 온당한 값어치를 문제삼는 시선이 작동하고 있다. 온종일 노동에 집중하지 못하고 우는 사람의 사연 속에 제대로 평가받지 못한 노동의 값과 무관하지 않을 경제적 요소가 작용하고 있으리라는 추정이 어렵지 않기 때문이다.

얼마나 절박한지 저 노동자는 슬픔만을 온전히 허락받지 못한 채 오늘도 노동의 현장을 벗어나지 못하고 있다. 그의 모습만이 시에 그려졌다면 슬픔에 짓눌린 노동의 초상화가 가슴 아프게 구현되었을 것이다. 하지만 윤제림의 손끝은 작품 속에 또하나의 초상을 들여 시선을 분산시킨다. 슬픔에 짓눌린 동료 옆에서 오늘의 노동을 완수하는 한 명의 수제공이 더 등장한다. 동료의 슬픔에 동참하며 손을 놓아버린 채 하루를 보내는 것이 아니라, 자신이 좋아하는 라디오를 한 번도 켜지 않는 행위로써 동료의 슬픔에 동참하면서 묵묵히 자신의 노동을 완수한다. 이 두 노동이 공존하는 모습은 꽤나 리얼하다. 노동과 슬픔의 관계성이 복잡다단하

게 펼쳐지기 때문이다. 제대로 대우받지 못하는 슬픈 노동
만 그려지는 것이 아니라, 그러한 노동을 손놓지 못하고 이
어나갈 수밖에 없는 절박한 노동의 슬픔까지 더해진 풍경을
본 듯도 하고 혹은 노동과 슬픔이 분리 불가능한 상태처럼
되어버린 지독한 삶의 모습이 불현듯 우리의 시선을 가로막
는 것처럼 보이기도 한다. 그렇다고 이 시가 경제에 압도당
한 노동자들의 서글픈 삶의 모습을 구현했다고 한정할 일은
아니다. 이 시에서 꺼져 있는 라디오는 언제든 더 큰 중단이
이 슬픈 노동의 현장에 터져나올 수 있음을 암시하기도 한
다. 지금은 단지 동료의 슬픔을 방해하지 않게 라디오 소리
를 중단해둔 상태이지만, 어느 순간 그것이 우리의 노동을
온전히 존중받기 위한 노동의 중단으로 나아갈 잠재성을 내
포하고 있기도 하다. 이 장의 서두에서 말한 어쩔 수 없음을
수락하면서도 동시에 기어코 한 발짝 더 나아가려는 힘 또
한 같은 맥락에서 설명이 가능하다. 그래서 윤제림 시의 슬
픔은 단지 슬픔의 차원이 아니라 끈덕짐을 내포한 힘의 차
원으로 이해할 필요가 있다.

5. 숨어 있는 삶, 숨어 있는 시

  앉은뱅이 노인이 가면 어딜 가랴 생각한 게 잘못이었다.
산이 저 홀로 깊어져서 찾을 수가 없었다. 골골이 묻고 다

녔으나 봤다는 사람은 없었다. 아니, 물어볼 사람조차 없
었다. 혼자서 헤매다 날이 저물어 산을 내려왔다. 산도 따
라 내려왔다. 막차 시간이었다.

　이듬해 기일이던가. 허리 굽은 꽃 한 송이를 꼭 한 번 보
았을 뿐이다. 그뒤로는 꽃도 할머니도 못 봤다. 나만 못 본
게 아니라, 아무도 못 봤다.

—「할미꽃」 전문

　이 시의 할미꽃은 윤제림 시인이 찾아 헤매는 '시'로 보아
도 무방하리라. 그는 분명 보았으나 사라진 무언가를 찾는
다. 이미 우리에게 와 있었으나 미처 그 존재의 존엄을 알아
내지 못해 져버리고 재차 찾아내야 하는 무엇, 그래서 우리
의 잘못된 인식과 감각을 되살피게 되는 그 무엇인가를 찾
는다. 시인은 그것을 찾는 일이 점점 더 긴박해지고 어려워
지고 있다는 사실을 암시하기도 한다. 어쩌면 이 시는 왜 우
리가 시를 발견하는 일이 그토록 어려워지고 있는지를 반문
하고 있는지도 모르겠다. 물론 이 시는 그 원인에 대해 구
체적으로 말하고 있지는 않다. 그의 작품 세계에 비추어보
자면, 평범하지만 떳떳한 삶을 정직하게 이어나가는 현장이
줄어들어서일 수도 있겠고, 서로를 돕는 일이 저 자신을 돕
는 일이라는 사회적 관계의 의식이 희박해져서일 수도 있
겠다. 우리의 삶의 자리가 친밀성의 감각을 바탕으로 고립
된 개인에서 벗어나 한세상을 꾸리면서 점진적으로 바뀌어

나갈 수 있다는 염원이 미약해져서일 수도 있겠고, 한편으로는 노동과 슬픔이 착종된 고달픈 세계를 살아가기 때문일 수도 있다.

하지만 시인은 저 불완전한 조건들이 결국에 우리로부터 시를 영원히 격리시킬 것이라고 말하고 있지 않다. 이듬해 기일 꼭 한 번쯤 다른 모습으로 나타난 노인처럼, 그것은 잊지 않는 한 우리의 기대 내지 인식과는 조금은 다른 모습으로 또 한번 우리를 찾아올 거라 말하는 듯도 하다. 근거가 어디 있냐고 묻는다면 시인은 공통의 세계에서 떳떳한 욕망을 품은 사람들의 창조적 협동의 모습을 그려낸 작품을 내밀지 않을까. 그때의 작품은 한 송이 꽃도 아니고 설화적 분위기의 언어가 감당할 무엇도 아닐 것이다. 너무나도 평범하기 때문에 오히려 이 세상 속에 잘 숨어 있는 우리의 삶의 모습이 바로 시가 되어 있을 테니까.

윤제림 충북 제천에서 나고 인천에서 자랐다. 1987년『문
예중앙』신인문학상을 받으며 문단에 나왔다. 시집으로『삼
천리호 자전거』『미미의 집』『황천반점』『사랑을 놓치다』
『그는 걸어서 온다』『새의 얼굴』, 동시집『거북이는 오늘
도 지각이다』등이 있다. 현재 서울예술대학교 교수로 재
직중이다.

— 문학동네시인선 127

편지에는 그냥 잘 지낸다고 쓴다

ⓒ 윤제림 2019

— 1판 1쇄 2019년 10월 7일
1판 3쇄 2020년 9월 3일

지은이 | 윤제림
펴낸이 | 염현숙
책임편집 | 강윤정
편집 | 김봉곤 김영수 김민정
디자인 | 수류산방(樹流山房) 본문 디자인 | 유현아
마케팅 | 정민호 박보람 우상욱 안남영
홍보 | 김희숙 김상만 지문희 김현지
제작 | 강신은 김동욱 임현식
제작처 | 영신사

펴낸곳 | (주)문학동네
출판등록 | 1993년 10월 22일 제406-2003-000045호
주소 | 10881 경기도 파주시 회동길 210
전자우편 | editor@munhak.com
대표전화 | 031) 955-8888 팩스 | 031) 955-8855
문의전화 | 031) 955-3576(마케팅), 031) 955-2678(편집)
문학동네카페 | http://cafe.naver.com/mhdn
북클럽문학동네 | http://bookclubmunhak.com

ISBN 978-89-546-5810-2 03810

* 이 책의 판권은 지은이와 문학동네에 있습니다. 이 책 내용의 전부 또는 일부를 재사용하려면 반드시 양측의 서면 동의를 받아야 합니다.
* 이 도서의 국립중앙도서관 출판예정도서목록(CIP)은 서지정보유통지원시스템 홈페이지 (http://seoji.nl.go.kr)와 국가자료종합목록 구축시스템(http://kolis-net.nl.go.kr)에서 이용하실 수 있습니다. (CIP 제어번호 : CIP2019037901)

잘못된 책은 구입하신 서점에서 교환해드립니다.
기타 교환 문의: 031) 955-2661, 3580

www.munhak.com

— **문학동네**